Sarah Kay zum Liebhaben

Sarah Kay
zum Liebhaben

Sarah Kay

Im Obstgarten habe ich schöne rote Äpfel gefunden, köstlich, zum Reinbeißen ...

... und Laura hat ein Körbchen voll schöner Kirschen gepflückt. Wir werden es uns schmecken lassen.

Sieh nur, überall die wunderschönen Blumen! Lass uns in den Garten gehen, um zu sehen, wie alles wächst und gedeiht!

Schnell, gib mir die Gießkanne, die Blumen sind durstig! Eine kleine Erfrischung gefällig, ihr lieben Blümchen?

Diese wunderschönen Blumen schenke ich meiner Schwester ...

... und diese hier werden Papas Büro wunderbar schmücken.

Diesen Strauß Mohnblumen

schenke ich mir selbst!

Dank Marie können wir bald leckeres Gemüse ernten.

Saftige Tomaten, knackige Salate und vorzügliche Erdbeeren werden unser Picknick verfeinern! Ich habe ein kleines Geheimnis für dich, liebe Laura. ...

Piep, piep, piep,
kleiner Piepmatz,
was suchst du
auf der Gießkanne?

Im kleinen Garten
steckt Flora die Blumenzwiebeln
in die Erde.
Lilli, die süße kleine Katze,
schaut ihr dabei zu!

Heute Morgen habe ich eine große Wassermelone aus dem Garten geholt, die wir nun anschneiden werden!

Und wenn wir dann noch Hunger haben, finden wir sicher noch etwas im Gemüsegarten!

Ganz früh am Morgen schlendert Ollie zum Hof von Arthur, um Pflaumen einzusammeln.

Das Ende des Sommers ist gekommen,
die Sonnenblumen sind verwelkt.

Anne ist sehr traurig, und ihr kleiner Kater
Joschi weiß nicht, wie er sie trösten soll.

Im großen Sessel hat Marion
es sich nach einem langen
Tag gemütlich gemacht.
Sie träumt von einem
großen bunten Garten.

Frühmorgens auf dem Bauernhof streut Thomas Körner für die kleinen weißen Hennen und ihre Küken.

Für die Streicheleinheiten ist die liebe Lea zuständig!

Eins ... zwei ... drei ...
vier Entenkinder.
Wie weich ihr seid,
meine Süßen!

Ein Küken sitzt auf
dem Hut, piep, piep.
Vorsicht, damit du
nicht herunterfällst!

Mein Kanarienvogel hat Sehnsucht nach der Insel, auf der er geboren ist.
Er singt von den Rosen und Palmen, die auf dieser Insel wachsen.

Die Schildkröte Sophie ist aus ihrem Panzer gekrochen.
Ihr Bruder Leon möchte lieber in seinem Häuschen bleiben!

Wie niedlich sie sind, diese Kätzchen! Ich habe eines für Laura ausgesucht, sie wird ihm einen schönen Namen geben!

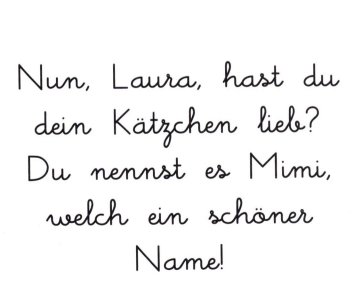

Nun, Laura, hast du dein Kätzchen lieb? Du nennst es Mimi, welch ein schöner Name!

Mein süßes Kätzchen, ich habe die rot-braune Kuh vom Bauernhof gemolken, um leckere Milch für dich zu bekommen.

Tiger ist ein Schlingel! Er krallt sich am Sofa fest und hängt sich an meine Schürze! Aber er ist trotzdem mein kleiner Schatz.

Von allen Katzen der Welt bist du die hübscheste!

Wenn ich Minkas kleines Schnäuzchen streichle, fängt sie an zu schnurren.

Das ist Paul, Klaras kleines Hündchen. Er genießt es, von ihr gestreichelt zu werden.

In diesen schönen Brunnen rufe ich hinein, und das Echo kommt zurück. Meinem kleinen Hündchen macht das viel Spaß.

Liebes Hündchen,
wollen wir Freunde
werden?
Wau! Wau!
Bedeutet das
etwa »Ja«?

Danke, kleiner Fiffi,
du bringst mir den
Schlüssel vom
Bonbonschrank.
Ich verspreche dir,
wir werden teilen!

Ihr kleinen Vögel da oben, ich bringe euch einen Eimer voller Wasser. Kommt schnell zum Baden, der Sommer ist sehr heiß!

Kleine zarte Worte

Sarah Kay

Ich verkaufe Küsschen,
zarte Küsschen.
Wer möchte gerne eines?
Vier zum Preis von drei!

Ring! Ring!
Oh, mein Freund Peter ruft mich an. Er verdreht mir den Kopf, egal, wie ich den Hörer halte.

Morgen ist ein Fest im Dorf.

Wollen wir zusammen tanzen?

Liebe Manu, gib mir deine Hand, und ich gehe mit dir bis ans Ende dieser Welt.

Lisa trägt ein schönes Kleid, Sarah hat eine neue Haarschleife, Emma ist ein braves Mädchen, aber du, liebe Eva, bist die Hübscheste von allen.

Martha liebt Vanille-Milchshakes ...

... aber mit Thomas zusammen trinkt sie am liebsten kalte Schokolade!

1, 2, 3,
ich mag dich sehr.
4, 5, 6,
und immer mehr.

7, 8, 9,
möchtest du mit
mir gehn?
10, 11, 12,
wir werden uns
gut verstehn.

Ich habe meinem
Freund Tom
einen Apfel geschenkt.
Zum Dank
hat er mich geküsst.

Florian flüstert
Sophie ein
Geheimnis ins Ohr,
und Henna lauscht
gespannt, um ja
nichts zu verpassen.

Meine große Schwester hat eine Verabredung mit ihrem Freund Mark. Sie hat ihren schönsten Hut aufgesetzt und trägt neue Stiefelchen.

Ich bin zwar noch klein, aber sehe ich nicht auch wunderschön aus?

Ich stelle mich auf die Zehenspitzen ...

... und gebe dir ein Küsschen auf die Wange.

Dir kann ich es erzählen, meine liebe Freundin ... diesen herrlichen Blumenstrauß habe ich von Ralph bekommen!

Die Kinder auf den Bildern sehen immer aus, als ob sie sehr brav wären. Aber sobald das Buch geschlossen ist, hüpfen sie wild umher!

Oh, Nikolas!
Vielen Dank für
die leckere
Schokolade!

Ich habe Susan auf
die Nasenspitze geküsst.
Niemand hat es
bemerkt, denn wir
haben uns unter ihrem
großen Hut versteckt.

Meine Schönste, meine Liebste,
ich schenke dir Blumen und mein Leben.
Möchtest du im wunderschönen Monat Mai
meine Frau werden?

Hoch lebe das junge Glück!

Sarah Kay zum Liebhaben